U0055102

心悶

——凃妙沂詩集

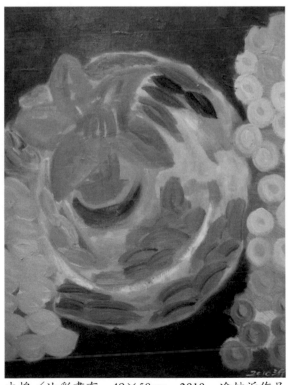

木棉／油彩畫布　49×58cm　2010　凃妙沂作品

火金姑台語文學獎出版獎助

「含笑詩叢」總序／含笑含義

叢書策劃／李魁賢

含笑最美，起自內心的喜悅，形之於外，具有動人的感染力。蒙娜麗莎之美、之吸引人，在於含笑默默，蘊藉深情。

含笑最容易聯想到含笑花，幼時常住淡水鄉下，庭院有一欉含笑花，每天清晨花開，藏在葉間，不顯露，徐風吹來，幽香四播。祖母在打掃庭院時，會摘一兩朵，插在髮髻，整日香伴。

及長，偶讀禪宗著名公案，迦葉尊者拈花含笑，隱示彼此間心領神會，思意相通，啟人深思體會，何需言詮。

詩，不外如此這般！詩之美，在於矜持、含蓄，而不喜形於色。歡喜藏在內心，以靈氣散發，輻射透入讀者心裡，達成感性傳遞。

詩，也像含笑花，常隱藏在葉下，清晨播送香氣，引人探尋，芬芳何處。然而花含笑自在，不在乎誰在探尋，目的何在，真心假意，各隨自然，自適自如，無故意，無顧忌。

詩，亦深涵禪意，端在頓悟，不需說三道四，言在意中，意在象中，象在若隱若現的含笑之中。

含笑詩叢為台灣女詩人作品集匯，各具特色，而共通點在於其人其詩，含笑不喧，深情有意，款款動人。

　　【含笑詩叢】策畫與命名的含義區區在此，初輯能獲八位
詩人呼應，特此含笑致意、致謝！同時感謝秀威識貨相挺，讓
含笑花詩香四溢！

2015.08.18

自序

　　寫台語詩是2008年以後的事，而寫華語詩其實也是從2001年才開始。若要細說從頭，把我三十年的寫作生涯比做是一片葉子，詩好比那葉脈，讓寫作的骨架更加分明，在陽光下更顯得美麗。

　　這後段枝枒有時翻轉花蕊長出圍牆外，讓我呼吸新鮮空氣，停下來靜定思索。

　　我閱讀詩的經驗非常早，少女時期開展於泰戈爾的《漂鳥集》（Rabindranath Tagore 1861-1941-Angelfire），那些簡潔而優美的詩句，使我青春的心靈獲得美好的滋潤，於我的一生有莫大的影響。那是我搬離苦瓜寮的日子，隨著雙親從農村遷移到城市，在府城成為「異鄉人」，可能在小學高年級或國中時接觸詩，而後一直到念高職的叛逆期，我很慶幸有泰戈爾詩集陪伴我，還有羅曼・羅蘭的《約翰・克利斯朵夫》，是我最早的世界文學養分。

　　一顆種子需要多久的沉潛才能發芽？無人預知。但我深愛台灣生態的一種說法：

　　「土地公會種樹，只要種子還在，它即使被埋藏在泥土裡，只要有陽光與雨水的滋潤，它會自己長出來迎向它該有的天空。」詩的土地公在我的心靈種樹，從小學到我中年才發芽

長出樹來，這個過程本身就是一首美麗的詩。

　　泰戈爾詩集對我的影響如此，我始終相信生命的美好力量，它始終在那裡，就像詩的種子潛藏在我內心。我願意一生一世生活如詩，覺知生活的美好與深刻，美好並非淺薄的浪漫，而是去創造美好，那才是我所認知的詩。

　　這本詩集分為「女性的河」、「土地的心」、「島嶼的夢」、「台語歌詞」四輯，女性的主題始終是我創作重要的部分，於我生命中曾經歷經的艱難歷程，我以詩為沉潛和銷融，從苦瓜寮家族故事做為起點，農村的敘事故事書寫，那都是我曾經採訪過並且以報導文學或小說等文學體裁探究過的，再以詩來呈現，對我來說是一個相當深刻的歷程，像牛在反芻，也像泥土吸納雜質轉化為養分。有一天，當你抬頭望著天空，詩就那樣翩然而至，瀟灑又帶著女俠的豪氣，把過往生命的痛攬抱在懷裡，成為溫柔的詩，用台語朗讀詩時，我發現詩那種溫柔的力量如此迷人。

　　2014年10月我第一次參加國際詩歌節，跟隨李魁賢老師所帶領的台灣十位詩人前往智利。在聖地牙哥殖民時期的舊城區優美建築中穿梭，我內心有一些疑惑和衝擊。1996年我前往加州進修四年，浸在美國文化的世界，膚淺的我一直以為英文可以走遍天下，然而當我走在聖地牙哥市區，報社出身的我熱切想跟人民對話，卻到處碰壁，無論是詩人或是市民，會講英文的人實在太少了，我一向有自信的外文能力受到很大的挫折，原來有些世界是不理睬英文的，我才意識到這裡是西

班牙語的世界，我雖然聽不太懂，卻深深為西班牙語著迷，我想起住加州時，我那些拉丁美洲裔的學生，我曾在加州私立中學與大學義務教中文，學校裡有不少拉美裔移民，有一位家裡在校門口開雜貨店的女學生Violet，她美麗的大眼睛和熱情的個性，又讓我思念起她來。我生命中與拉丁美洲的緣分如此深，我又重拾西班牙語的學習，說來有趣，我國中畢業考上文藻外語大學西班牙語科，無奈家境不好未能如願就讀，一直是我求學過程的遺憾，沒想到中年後西班牙語又重回我生命，點燃另一波語言革命。

西班牙式建築引起我思索台灣被殖民的歷史，在智利，我們獲得雙語的朗讀機會，面對拉丁美洲熱情的詩人們，站在台上面對台下期待的眼神，我把原先用華語書寫的詩改為台語，在本子上註記著台語讀音，當我站在講台上，我把「心上的劍」改為「心肝頭的劍」，用我熟悉的母語朗讀，我先用英語說明自己將要朗讀的不是中文，而是我的母語Taiwanese，當最後一句詩句「你甘有一絲絲躊躇？」念完，拉丁美洲的詩人為我朗讀西班牙語翻譯版，然後我從容走下講台，那一刻我在異國重溫台語優美的音韻，內心非常感動，當我走回座位，台灣詩人紛紛表示讚許，南美洲詩人也紛紛表示Taiwanese好美，音韻聽來比華語好聽。

我心田有一股溫柔的力量流過，這就是了，這是我要的東西，它一直默默守候著我，現在找把它呈現出來，讓蟄伏的種子抽出綠芽！

　　是的，溫柔是一種力量，它也許書寫控訴的、悲愁的、黑暗的種種，卻透過委婉的象徵手法讓你傾聽與思索，成為明日的智慧。

　　從智利回到台灣後，我帶回了豐富的拉丁美洲友誼，有幾位詩人陸續聯繫著，我持續與他們互動，西班牙語逐漸進步。2015年9月台南主辦第一屆福爾摩莎國際詩歌節，十二位到訪的外國詩人中，有九位來自拉丁美洲，我接觸更多優美的詩，也覺得西語詩譯為台語滿適合，於是嘗試將西語詩翻譯成台語，這是因為哥倫比亞詩人馬利歐（Mario Mathor）在南投新書發表會請我為他的詩朗讀華語，我的朗讀慣例是用母語，於是又當場改寫為台語，後來化為文字。翻譯阿根廷詩人奧古斯都（Augusto Enrique Rufino）的詩作是一次重要的體驗，他的詩書寫阿根廷的骯髒戰爭（dirty war），也就是阿根廷的白色恐怖，「重聚」（REECUENTRO）翻譯時，我邊翻譯邊落淚，如此相似的獨裁時期政治迫害，如此相似的人民深沉哀痛。

　　我想起在智利諾貝爾文學獎詩人聶魯達紀念館附近遇見的九重葛花，台灣也有，那帶著刺的花看來如此嬌豔，彷彿噙淚含笑帶著深沉的刺痛四處生涎找尋出路。

　　詩讓我學習溫柔而堅定的力量，所以我說詩是我寫作的葉脈，讓生命脈絡更加分明。它時時刻刻與我同在，散步時、看電視時、洗碗時、睡著時，甚至車子疾馳在高速公路上時，詩句在我腦海裡載浮載沉，當我坐下來，詩就翩然書寫出來。

　　把脈絡說分明，於詩的品賞部分就一一留待讀者的分享。
感謝靜宜大學西班牙語系鄭育欣老師、文藻外語大學西班牙語
系徐符記同學在我翻譯西班牙語詩時給予協助。

　　謹以此書獻給長期支持我創作的家人，以及苦瓜寮所有孕
育我成長的養分。

目　次

輯二　土地的心

輯三　島嶼的夢

輯四　歌詞・翻譯

輯一　女性的河

門後女孩／油彩畫布　52×44cm　2013　涂妙沂作品

苦瓜寮的傳說

古早古早有一个做穡人
佇小山崙搭一間草寮仔
伊先種一欉苦瓜
苦瓜大漢種土豆
土豆大漢種甘蔗
甘蔗大漢種鳳梨
鳳梨賣去娶牽手
牽手賣一咖手指飼豬仔子
豬仔子大漢賣去買豬母
豬母閣生豬仔子十二隻
豬仔子濟蕃薯無夠吃
田園挽野菜煮來餵豬仔
豬椆濟子濟孫濟福氣
我的祖先濟子濟孫濟吉祥

勤儉持家是無變的家風
有一个查某當家閨名叫珍珠
伊的家風上嚴上酷

一碗豬肉擺佇桌頂顧面子
八個媳婦毋敢挾來配飯吃
伊的人緣上bia
買的土地拼上濟
田地濟壯丁濟家運多禎祥
我的祖先家運多禎祥

　　　　——2003年南瀛文學獎現代詩首獎系列作品
　　　　——2011.11.21改寫為台語

吳家的阿娘

佇日本時代的煞尾
窟雷拉位新莊的巷仔底流行
恬恬旋過楊桃樹尾
美麗的阿娘破病昏倒佇楊桃樹跤
莊內無人敢去看護美麗的阿娘
干焦有楊桃花恬恬跋落來
美麗跪佇前埕懇求月娘救阿娘
傷心的目屎滴落佇楊桃花蕊

吳家的阿娘心腸親像天頂的月娘
伊共九歲的囡仔园佇楊桃樹跤
家己一人去看護美麗的阿娘
幾日幾暝無看著天頂的月娘
美麗的阿娘逗逗仔好起來
吳家的阿娘欲行路轉去
猶未行到楊桃樹跤就倒落去

孤單的楊桃樹

吳家的小妹仔嚶嚶哮

阿娘無轉來厝內

阿娘攏無轉來厝內

吳家的三兄揹著伊的小妹

小妹仔你毋通哭

小妹仔你毋通哮

阿娘去天頂月娘伊兜

你若哭，目屎會糊著目睭

你就袂當看著阿娘

阿娘佇天頂月娘伊兜

笑微微看你大漢

——2003年南瀛文學獎現代詩首獎系列作品

——2011.11.20改寫為台語

伊的跤跡行過小山崙

親像石頭的堅持，伊的青春夢

恬恬位後尾門行去，路程比天頂卡遠

脫赤跤行過小山崙，班鳩咕咕啼叫

青色的苦楝仔樹使人哀愁

布包內面藏著祕密，阿兄刻好的一粒柴頭印

伊欲去城市讀冊，初中的報到通知誠緊急

天公伯呵咾伊的志氣

斑芝樹呵咾伊的勇敢

石頭熱情唚（tsim）著伊天真的跤板

風吹過無人的小溪邊

風吹過伊飽滇的額頭

伊頷腰（ànn-io）共飛機草送一陣風

白色的花蕊飛滿天

伊的心變成白茫茫一片

伊的跤跡行過小山崙

啊，青春的路途

啊，青春的路途

阿爹的心是鐵
阿爹的心是鋼
查埔囝仔是大樹，查某囡仔是菜籽仔
愛栽培後生，無愛栽培查某子
哀哀啼，班鳩飛離開苦楝仔樹頂
小山崙，只賰阿爹亂紛紛的跤跡
赤炎炎，石頭的熱情燒著阿爹的心
赤查某仔的種籽咬著伊的褲跤
風吹過波動的小溪邊
一時仔就變成驚惶

鐵枝路邊，阿爹著急的喝聲
查某子是心肝頭的花蕊
查某子是老爸的倚靠
遮敢是命運無情的終點？
啊，天烏暗落來
啊，天烏暗落來

跤的終點，心的起點
阿爹牽著伊的手
翁婿牽著伊的手
天公伯牽著伊的手
阿兄的柴頭印偷偷藏佇紅木盒
烏烏的目睭含著珠淚
深深的夢種佇土豆園
一个愛讀冊的查某子出嫁
生湠一群愛讀冊的囡仔
菜籽仔，菜籽仔
落到遐就發到遐
這是夢想生存的跤跡

——刊載於《台文戰線》雜誌2015.10

失落的小農村

行過野草生溁的小山崙
枯葉滿地的樣仔樹跤惹人哀愁
遐就是北勢州庄舊底的所在
看無半个做穡人的影跡
樣仔花微微吹來過去的消息

攏是一隻牛惹來禍端
位大目降來的黃仔偷牽一隻牛
北勢州的壯丁透暝趕路欲掠伊
黃仔冪佇苦瓜寮的豬稠
目睭驚惶親像魂魄被鬼抓去的童乩

「聽講是為著飼某飼子偷牽牛」
苦瓜寮的老人雄狂加講一句話
北勢州的壯丁氣甲頭殼噴烏煙
彼隻牛是阮的命阮的根
你同情外人無同情瘦赤人
這厝邊誠無人情

這世間誠無天理
兩庄的車拼一時仔就欲開始
樣仔花微微放送緊張的消息

攏是空嘴薄舌惹來禍端
告密者講出黃仔藏身的所在
北勢州壯丁規陣衝到豬椆
豬母豬子驚甲四界玲瓏旋
鋤頭和棍仔，顧面子的功夫盡展
團結的農家子弟眾人一心
輸掉勇氣的人頭跋落水池
綴著青青水萍浮浮沉沉
北勢州壯丁瞬間被殲滅
樣仔花微微吹送悲鳴的消息

苦瓜寮的老人恬恬徛佇田中央
一隻牛敢有值得一个庄為伊埋葬？
一點氣敢有值得一个人犧牲性命？

終其尾誰人贏著面子？
終其尾誰人猶原生存？
樣仔花微微吹送迷茫的消息

心悶你

落雨的暗暝
我就會心悶你
暗光鳥無法度出外去討食
徛佇一片牆跤溶入烏暗中
臆想你這馬踮佇佗咧歇睏？
臆想你敢會心悶我？

浸過雨水的花蕊袂閣展開笑容
你敢會記得咱相依相倚
講心內話的暗暝？
笑容親像一蕊刺桐花紅帕帕
抑是已經放水向西流流去？
永遠袂閣轉來小山崙
永遠袂閣對看文文笑

落雨的暗暝
我就會心悶你
心肝頭一筆一筆刻著你的形影

嘛毋知是你抑是我刻甲遮呢深
一劃一劃攏有血跡紅貢貢
一劃一劃攏佇雨中流目屎
當初按怎會刻劃遮呢深窩的記智
我敢是無張持
將拍開心窩的鎖匙交予你？

你離開了後就離甲遠遠遠
你毋知我走揣偌久的時間？
親像揣無岫的鳥隻哮啾啾
你的胸坎是我以前留戀的岫
這馬毋知是佗一蕊花的眠床？

落雨的暗暝
想著你離開的形影
我的心窩
落著袂歇睏的雨滴

心肝頭的劍

請你共我心肝頭的劍跋起來

伊插甲這呢深

就算看袂著血流血滴的情景

親像湖面遐呢平靜

孤單徛佇湖邊的彼个查某的形影

誰人悲憫伊揹著遐呢沉重的重擔

佇六月這呢輕盈的日子

劍位空中穿射過來

目屎會當銷融銅牆鐵壁

消袂掉這支短柄的劍

連刀鋒也為我的哀愁鈍去

我誠想欲問你

你的手夯著劍的時

敢有過一絲絲仔躊躇？

——「心上的劍」收錄於《詩人軌跡・

台灣詩篇》，城邦，2014.10

——2016.02改寫成台語

鹹菜甕

昨暗，伊勼佇土跤
頭殼撞破跤烏青手骨咧痛
伊聽著心肝「卜」一聲
敢是心肝碎去的聲音？

透早，行踏佇咾咕石的小山路
一隻猴山仔坐佇半路討食
伊的鼻仔歪去閣流烏血
敢是佮人相拍所留的記號？

中晝，菜市仔賣菜的頭家娘
好意請我試食伊豉（sīnn）的鹹菜（kiâm-tshài）
嘴舌，鹹鹹酸酸的滋味
心頭，悶悶糟糟的感覺

暗時，燈仔火閃閃熠熠
伊輕聲細細偎過來
我無按怎注意

雄雄看伊徛佇身邊

煞著青驚，規身軀皮皮剉

位心肝底燒起來的驚惶

予我真悲哀的感覺

我敢不是親像一網鹹菜醞(un)

佇厝裡漸漸澳爛矣

是彼个恬靜的暗暝

我決定離開翁婿

花蕊心有一个阿母

你恬恬聽，四月的雨位真遠的山仔頂
落路來　落路來
共阿母的頭鬃罩一層霧霧的影
伊的心也溢滿著雨水
沒人挽的龍眼樹頂
一苞一苞的果子
風寫著惶狂的草字

你恬恬聽，踏佇樹葉頂面的沙沙聲
焦去的葉仔將家己捲起來
阿母的青春無張持猶捲去內底
伊掃過這邊的小路一千遍
沒一遍是為著家己
風吹過心頭的門
有淡薄仔憂愁

每一日，阿母攏愛掃塗跤
每一日，日頭攏有阿母掃塗跤

每一日，心頭攏有阿母佮日頭掃塗跤
每一日，日頭攏赤炎炎
每一日，心頭攏烏嘛嘛
每一日攏是
日頭眉頭
勼做一球

日頭毋知走去佗位藏
厝內的青番囝仔雄雄欲甲日頭光翻桌
薄薄一層暗色的光
照著破幾落空的厝頂
阿母瞻頭看日頭
暗落來
你恬恬看，天頂的雨欲落路來
你恬恬聽，厝頂的雨水欲落路來
你滿身重汗恬恬倚佇
厝前的粿仔樹跤
等阿母轉來，你的眉頭就會開花

花蕊心有一个笑微微
坐佇頂面
毋愛講話的阿母

腋錢的阿兄

黃昏的路咱逗逗仔走，小妹免驚惶
阿兄共生活所費，囥佇批信
你愛拍開批信，拍開心窗
買幾領媠衫，妝乎青春
買幾項傢具，蹛乎舒適
阿兄共火炭丟捨，全聯店口
阿兄足拍拼賺所費，汗水流
你愛拍開心窗，微微笑

黃昏的路有路糊仔麋，小妹免驚惶
阿兄交代你，恬恬聽
過去的感情恩怨，放水流
過去的負債累累，減采擔
毋通徛佇厝尾頂，放捨性命
目睭看無天頂，日頭光
毋通予我醒來，揣無人影
粗重做工的手，牽無小妹
幼幼軟軟的手，變成空

黃昏的路有淡薄的光，小妹免驚惶
阿兄腋錢誠歡喜，小妹啊小妹
咱的家有淡薄的光，免驚惶

下晡的溫度

遮的船隻，遮的日頭
下晡時，風微微仔吹過恬靜的樹頂
心肝底有一片金色的風景
漸漸浮現佇蒼白的畫布

遮的人影，遮的故事
一幅一幅的圖掛佇褪色的牆面
有的熱情底講話，有的恬恬無聲說
你敢有聽見
花蕊跋落佇土跤的悲愁？

遮的色緻，遮的溫度
永遠毋願放捨的畫筆
留戀著春天孤單的夢
親像日落黃昏鷹揚的塵埃
一時仔
就消失佇港邊的上婿的所在

耳鉤

瘦豬哥*的街頭猶原有殖民時代的樓仔厝
行踏佇古雅的街仔路
市場內彼間隘擠擠的手藝店
鬍鬚仔工匠用銅片拍造上嫷的耳鉤
我買幾副同心圓的垂飾
毋過我的耳洞早就已經密合
買遮呢嫷的耳鉤敢不是真笑詼？
是思念愛人的輕聲細語嗎？
閣卡按怎甜蜜的情話
離開了後只賰聲音的殘跡
親像耳洞無法度閣再掛嫷噹噹的耳鉤

鬍鬚仔工匠佇機器頭前，哄哄叩叩拍著銅片
美麗需要專心的時間來鑄造
我的愛人敢會曉專心的鑄造？
我決定將耳鉤懸懸掛起來
佇你聽袂著我耳語的所在

註：瘦豬哥是指智利首都聖地牙哥的諧音，親切有味。

美麗的鉸刀

美麗鉸斷一束黑頭鬃

位民雄庄跤所在流浪到北投

一卡皮箱园一支鉸刀一个夢

手藝巧俐好笑神，款待查某人的心

洗頭的婦仁人愛聽伊講故事

將頭鬃洗掉，染成烏茄仔色

這款帕哩帕哩的色彩，親像浮浪貢的少年人

坐佇邊仔的查某人斡頭看

按怎色彩親像咧哮？

美麗被查埔人放捨的故事寫佇黑板

彼是伊（他）轉來的日期

伊閣共頭鬃留予長長矣

親像痴情的老樹

初戀拄著謅仙仔的糖甘蜜語

伊的鉸刀鉸斷一牛車痴情查某的頭鬃

鉸袂斷家己命運的鎖鏈

一个閣一个悲情的故事安慰著伊
你哀愁的目屎猶有我的哀愁
美容院內相疼痛的姊妹情
恬靜的黑頭鬃
恬靜的下晡日

再會吧，最後一粒卵子

找一个上溫柔的下哺，解憂愁
向最後一粒奮鬥的卵子，來相辭
徛到海沙埔頭犁犁，一粒青春的種籽
一个長長孤單的影跡，冷霜霜
無半个後生查某囝來做伴，心稀微
一世人無法度完成，深窩的願望

寂寞的街路，寂寞的皺紋
冷冷的路燈，冷冷的目睭
微微的秋風，微微的喙唇
烏烏的暗暝，烏烏的未來
終其尾，最後一粒堅持的卵子死亡矣
終其尾，最後一个青春的鼓聲恬靜矣

找一个上溫柔的下哺，再會吧
我徛佇無草無花的所在
風吹過我焦澀的目睭
風吹過我扁bon的腹肚

一種心酸的感覺
一張青春的遺書

逗逗仔

囡仔的目睭愛留乎天頂的色緻
囡仔的鼻仔愛留乎花蕊的芳味
囡仔的手愛留乎樹皮的皺紋
囡仔的聲音愛留乎詩歌
囡仔的耳空愛留乎野鳥
囡仔的跤愛留乎土地
囡仔的心，愛留乎伊家己

世間的父母攏愛囡仔緊大漢
我向望你有一條逗逗仔行的路
我陪伴你去四界行踏
斑芝花的小路，有尾蛺咧飛
四月的苦楝樹，有青笛仔咧唱歌
秋天的深山林內，有牛屎龜咧散步
我亦將走縱的跤步停落來
聽土地教咱的智慧
我將世間上祕密的鎖匙交乎你
獨立自由的心

古井

我行過烏暗的古井邊

遐無一絲絲回聲

亦無花蕊的清芳

咱徛佇無人的井邊

講淡薄心內話

遐的話語沉落古井內

變成一堆爛土

我行過秋天的古井邊

遐的井水特別清甜

無耽誤的心情

咱徛佇井邊的黃昏時

恬恬看著對方

彼時陣沉默的眼神

變成最後的惜別

2015.11

親像石頭的女子

你講我親像美麗奧妙的永加斯
咱的對話是
一條雞冠刺桐花盛開的小路
毋驚洪水的侵犯

你大蕊的目睭真溫柔
你看我一目睨
我的神經線就親像塊彈吉他

我想欲給你講
我是親像石頭的女子
無過我毋是天生親像石頭
是環境來造成
我有刺桐花嬌豔的外表
內心卻親像石頭遐固執
這個世間猶無我的位置
愛爾蘭佮阿根廷佮科索沃的人民
佇世界攏有一个棲身的所在

我佮你無同款的命運
每一擺我欲寄批信給你
這款的哀愁
就夾佇批內寄予你

你的國家開滿雞冠刺桐花
彼也是阮祖先種佇厝邊的花蕊
咱全款有上媠的花蕊
不知影你敢有勇氣接受
親像石頭這款的女子？
有一日
美麗的刺桐花
對抗強權
變成紋身的石頭時
全款用溫柔的目睭
看著伊刺棘棘的紋身？

2016.02

輯二　土地的心

牽手／油彩畫布　38×46cm　2009　凃妙沂作品

一千隻水鳥飛過的所在

一千隻水鳥飛過的所在
親像故鄉上媠的目睭
若是一條路來剖開伊的心臟
紅樹林的鳥仔會來哮無岫

佇風的喝聲之中妳靜靜育飼生命
我就用恬靜的歌呵咾妳的美麗
呵咾魚群佇妳的胸坎游泳
呵咾一千隻水鳥用恖愛的翼股畫過
彼時陣，妳的目睭就親像佇下願的時
看見天使

一千隻水鳥飛過藍色的天
懸懸低低
親像天然的音符
佇微微風裡轉踅
一千隻水鳥飛入浪漫的濕地
挨挨陣陣

作伙砌造一座自然的教室
恁溫暖的徛家

一千隻水鳥飛過千里萬里
一千隻水鳥歇佇這個所在
遮是恁美麗的異鄉
也是恁溫暖的故鄉
請留予恁一塊完整的徛家
恁會還咱代代永遠的美麗

註：2013年，為聲援保護茄定溼地，凃妙沂發起創作接
　　龍詩，並起草第一段，依序為：凃妙沂、胡長松、
　　陳金順、小城綾子等人集體創作完成。

山羌仔

行踏佇福山植物園的小山路
拄著一隻山羌仔
一種地動的感覺攬抱全身
親像梅花鹿奔走過祖先的土地
我想欲感恩土地公
今仔日總算看著一隻山羌仔

行踏佇西拉雅大目降的山崙仔
找無一隻梅花鹿
一款哀傷的心情攬抱全身
拍開荷蘭東印度公司的貿易歷史
我的心雄雄皲做兩片
彼一冬發生過殖民的悲劇
東疊西堆的梅花鹿屍體趴佇祖先開墾
綠草青青的小山崙

一隻山羌仔
一隻梅花鹿

一个思念西拉雅的黃昏
一頁無法度放捨的記智

長尾山娘

飛過故鄉上婿的彼片樹林
日頭照著伊驕傲的長尾溜
伊欲用多情的青春給樹林變成藍天

旋比時間加緊的長尾溜
又閣轉踅飛去樹尾頂
位尾溜看出去的世界加曠闊
三不五時有料想袂到的驚惶
心頭掠毋定就會跋落萬丈深坑
時間、勇氣、夢想、光榮
毋通园佇看袂著的長尾溜
家己的春天
愛掌握佇心肝底
上深上深的所在

猴山仔

行踏佇柴山咾咕石的小山路
一群猴山仔佇路邊討食
起先干焦丟一條香蕉乎恁
山友一目睭無注意
猴群愈來愈唱鬦
會甲遊客搶吃戲弄喝咻兼攻擊

行踏佇凱達格蘭大道反石化運動的群眾中
我的心肝勾成一丸
起先干焦講欲發展經濟乎咱幸福
無張持土地一寸一寸變質
台灣人的憨番故事一牛車
竾客愈來愈無法無天
祖先種稻仔飼蚵仔的土地攏變成廢墟

恁問咱咧抗爭啥物?

一群白目的猴山仔
一群夭壽的政客
一大片一大片一大片一大片
哮無目屎的土地

蔓澤蘭

用身軀做生湠的武器
蔓澤蘭一四界生長
伊無聲無說走闖江湖
愈來愈晟颺
台灣人的山林逗逗仔袂喘氣

用媒體做生湠的武器
恁無聲無說走闖江湖
阿陸仔統戰的工夫步數
鼻會著看無著
台灣人的想法逗逗仔變節

用金錢做生湠的武器
六都的樓仔厝愈起愈濟
你敢知影膣幾幢是咱的？
美麗的徛家
離少年人愈來愈遠
台灣人的土地逗逗仔變賣

法拉利拄著媽祖魚

伊駛一台法拉利走去倒糞圾
伊的面容抹著一層厚厚的面霜
經過巷仔口時，吹起一陣金熠熠的風
我煞鼻著錢的臭腥味
比爛去的魚仔閣卡臭

伊的目睭沒看著路邊賣涼水的阿媽
八十歲的阿媽早就孔跤翹
這個阿媽是台灣強
阿媽對伊駛目尾，伊共下頜攑甲懸懸懸
比九層樓仔厝閣卡懸
看猶無看阿媽一目睨
錢的法力無邊
連人的懸度也會改變

伊駛一台法拉利去倒糞圾轉來
伊的心情變甲誠輕鬆
轉來厝內，吹起一陣金熠熠的風

伊的目睭無看著別種物件，丁單錢

電視拄好咧放送，一隻媽祖魚SOS的消息

受困的媽祖魚佇台灣的外海，泡泡洳

等待二百萬人替伊走揣，一個海底的眠床

一平方公尺干焦價值一百十九箍

錢的慈悲力量也無邊

彼台法拉利恬恬停佇

價值一億的海邊仔別莊

唱著無聊的

乞丐仔調

PS.看到一則新聞，有人開著法拉利跑出去倒垃圾。恰好
　　朋友傳來「全民來認股，守護白海豚」的計劃書，有
　　感而發。

島嶼的憂愁

秋天的時陣，島嶼就有小小的憂愁
彼風颱一去就無消無息，彼個查甫人亦是

毋捌親像這款山崩地裂的感情
他亦無交代後生毋轉去食暗頓

稻穗亦是無交代就偃腰（ànn-io）矣
一偃腰就伸袂直矣

柚仔亦無交代毋愛等中秋的月娘
家己先剝開內心的傷痕

秋天的時陣，島嶼就有小小的憂愁
彼溪水一去就無還頭，彼歷史亦是

每一冬，溪水攏愛經歷山崩地裂的波動
每一冬，庄頭攏愛經歷錐心刻骨的疼痛
佇無人行踏的山崖佮溪崁

佇伊埋骨頭麩的荒郊草堆
佇伊蝕骨的萬丈深坑
彼風颱草的傷痕，孤單迎向秋天的黃昏
無閣再講一句話
用葉仔的皺（bi）痕為土地默哀

漂流的柴籤

彼欉斷崖邊的老樹拼命掠著土丸
毋驚大水沖走恁活命的地基
猶原瞻頭找揣日頭光

島嶼這馬看起來誠安定
百姓慣習共耳空滯咧
做家己主人的聲音，假樣毋聽見
頷頭干焦想奢華的享受

彼欉愈來愈衰弱的老樹
最後乎大水沖去海邊
變成一塊漂流的柴籤
猶原輕聲吟著土地的歌調

彼个愈來愈臭爛的島嶼
最後恬靜死亡
變成無骨頭的外殼
連家己的聲音攏袂記咧

彼塊漂流的柴箍
有人共伊抾起來
囥佇紅格桌頂做神主牌仔

永遠造袂好的一條路

伊娜徛佇路口杳杳仔看，看去真遠的所在
彼條細條路恬靜甲連風攏睏去矣
遮呢歡喜行到有尾蝶跳舞的紅花叢
等待伊當爾出嫁的查某孫仔歸家
無張持拄著落雨，全全漉糊仔糜
轟一聲，欲轉去厝的路攏總崩離
山壁變成路面，橋變成一條斷線的風吹
伊娜的心變成一條河

伊娜徛佇路口杳杳仔看，看去崩落的所在
伊的目睭走揣轉來的路草
伊的心肝頭，有一條路通到笑微微的家
會曉唱歌詩的鳥隻
甘願聽伊講話的老樹
一叢發真蘙的芋仔
一蕊別佇頭鬃的花

熱天雨水若位天頂倒落來
又閣轟一聲
山壁又閣變成路面
橋又閣變成一條斷線的風吹
鳥隻老樹芋仔花蕊等無的查某孫仔
伊娜的心又閣變成一條河
猶原造袂好的一條路

熱天雨水若位天頂倒落來
又閣轟一聲
山壁又閣變成路面
橋又閣變成一條斷線的風吹
鳥隻老樹芋仔花蕊等無白頭鬃的查某孫仔
老伊娜的心又閣變成一條河
永遠造袂好的一條路

——2012《有詩同行》莫拉克詩集，高雄文化局

魚群

魚群集合佇臭konn konn的海洋
驚惶反白的目睭，掛佇腫頜的魚頭
魚肚的水已經惡貫滿盈
嘴無法度閣再吐出一字
悠猶原毋肯離開
魚群漂流的身軀，隨水流浪蕩
宛然失去根骨的水草
臭爛的水草，曝焦佇無人的海沙埔
猶原毋肯放捨

誠久無看著魚群矣
誠久無看著清氣的水矣
家園的畫像已過崩盤，重新閣再建立
時間佇恬靜中流失
魚群無放捨鬥陣拍拼的同伴
位誠遠的所在沤來作伙
同齊展開美麗的魚體
日頭佇河面，照著閃閃熠熠的光

大自然共斷裂的堤岸閣再修復
魚群綴著水草泅入烏暗的海底
猶原毋肯放捨

魚群的美麗是因為毋肯放捨同伴
才有資格泅入歷史

——2012《有詩同行》莫拉克詩集，高雄文化局

石化管線

1949年，恁匆匆莽莽
就把高雄規劃做重工業區
囥一个臭爛的糞（bun）口佇你的身軀
無毋對，南爿一直是恁的糞口

1980年，恁一時仔攏沒等候
就佇高雄住宅區埋藏石化管線
線路彎彎越越穿過你的心肝底
共城市dah甲袂喘氣

2014年，恁一時仔攏沒等候
就共高雄氣爆的責任牽拖予花蕊
世界上有捨物款的政府
目睭金金看百姓睏佇爆裂物頂面？
代代相傳的政客睏帝寶
工人睏佇鳥籠仔的販厝
天公伯仔敢有天理？

我干焦會按呢想
恁的心是毋是已經石化矣？

遮古早是馬卡道女兒的眠床
遮古早有祖靈孤單的喝聲
這馬你欲去佗位走揣？
家園已經無矣
土地已經無矣
語言已經無矣
最後的尊嚴猶閣存在嗎？

街頭有人咧講五四三
綴開腸剖肚的路面生湠
恁毋是調工的
恁是辜不二衷
恁攏是為著飼你的腹肚
恁閣有誠濟貢獻寫佇石碑

恁這世人攏佇你的身軀放屎放尿
你眼瞔脫窗
你神經痲痺
無義顧閣須乎恁感謝狀
這是什麼款的天理？
猶閣有一條無形的石化管線
埋佇你的心肝底？

2014.07.14

刺桐花開有時盡

離開的靈魂，上愛踞佇刺桐花樹跤開講
名叫阿米契的祖公講西拉雅語
名叫土水的阿祖講漢語
名叫菊子的卡桑講日語
名叫阿財的孫仔講華語
名叫Joson的乾仔孫講英語

數念的靈魂，上悲哀是鬥陣無法度對話
有緣相拄無緣相安慰，刺桐花蕊紅艷艷
鹿仔樹猶原佇野外，恬靜仔生湠
每一種語言攏有故事，殖民的歷史
每一叢刺桐攏著蟲害，落土臭爛矣
每一个靈魂攏流目屎，沉重的哀愁

刺桐花開有時盡，你轉來等無時
刺桐花開有恩情，歷史誠無情
親像著蟲的老樹
等待死亡

新化小山崙

余清芳紀念埤懸懸徛佇山頂
黃昏時親像一个英勇的戰士
褪赤跤的田莊阿伯飲著拿鐵咖啡
厚厚的芳味飄染著歷史的悲情
「足有文化的田莊阿伯！」
摩登女郎贊聲連連

余清芳紀念埤恬恬徛佇山頂
早起時親像一个慈悲的菩薩
鹽酸仔草生湠過水埤的爛土
曾文溪焦荒的溪岸開墾成菜園
「山崙仔的山頂真幼秀！」
回鄉的出外人留戀不捨的所在

日頭光漸漸照著檨仔樹
小山崙綿綿的山影眉眉疊疊
光影將山崙照甲朗朗分明
青色的山崙親像土地的一塊玉珮

離鄉的出外人將伊藏佇胸坎

無論行過千山萬水

無論離鄉若久若遠

故鄉幼秀的小山崙

猶原予日頭光雕刻著深窩的山影

佇恬靜的風中

一擺閣一擺飄盪

2009.09

樣仔花開

風請你溫柔來吹送
樣仔樹當爾開花
請你微微仔吹到山崙頂
安慰著苦等後生轉來的春桃嬸

伊的後生出門幾若冬矣
無人看見伊的影隻
伊種的香水鳳梨收成七冬矣
伊猶原無轉來

風微微吹過小山崙
親像地安慰伊
後生袂閣再倒轉來
妳就將伊忘袂記
當作伊被獵鴞掠走矣

2009.09

早產兒

佇加護病房外面
粉鴿展翅飛過恬靜的天頂
紅嬰仔大嘴大嘴吸氣
熱天喘氣的感覺
吊燈仔花佇窗外輕輕搖擺
無知有若濟擺轉世的輪迴
靈魂真驚惶閣再去流浪
手指頭將親人的衫其尾掠牢牢
這擺絕對毋願放手
一放手就是萬年的黑暗

留戀世間無定著是將痛苦當作糖衣
早產兒的出世
日頭鑽過窗仔門為伊贊聲

2010.07

猴山仔的傳說

六和路有人咧賣番仔火
小小的盒仔印著古早的猴山仔標誌
伊行過奢華的街路
沿路行沿路喊賣
大學生騎著腳踏車經過咧笑伊
青春美眉特價，老婿老婿的歐巴桑特價
綠豆伯仔特價，面熟面熟的人客特價

噓，輕聲細細來喊
奢華的城市休睏矣
柴山睏去矣
紫檀花樹睏去矣
愛河睏去矣
市議會大樓睏去矣
柴山99號公車睏去矣
急診室的電火猶原無眠無日

假使你想欲追求美麗的姑娘
你愛用真誠的愛感動伊
假使你想欲看愛河迷人的夜景
你愛拍拚爭取環境美好的未來
假使你想欲看黑枕藍鶲美麗的翼股
你愛行過姥咕石的山路爬去山頂
賣番仔火的查某囡唱煞
潦草包裝賣無出去的番仔火盒雄狂走矣

假使你無意中經過愛河的堤岸邊
有時陣亦閣會拾著猴山仔標誌的番仔火盒
聽說彼就是不甘願綴賣番仔火的查某囡轉去
趁時機逃走
滿山浮浪貢的猴山仔

2010.09

輯三　島嶼的夢

快樂／油彩畫布　46×38cm　2013　凃妙沂作品

跤的覺醒

天欲光的時陣
一雙雄狂的跤，位紅樓夢內面偷走
漂流過黑水溝，佇茄定仔漁港靠岸
綴著一群羅漢跤仔，佇碼頭大嘴飲酒
一嘴飲了了黑水溝的海水
跤用一塊磚仔砌一幢文學館
誠懷念笠山農場彼个客家漢
伊櫸筆種作的夢猶未醒咧
伊高貴的靈魂猶閣佮菸農咧開講
跤共心的聽筒园置一桿秤仔頂面
彼个仁心仁術的賴醫師推動彰化的文化潮流
西拉雅望族的後代，編織一雙真媠的紅鞋仔
行入葫蘆巷來春姨的春夢

跤猶未穿外衫就衝衝狂狂偷走
這擺一行就是天南地北
褪赤跤發現家己徛佇島嶼的事實
有人穿著陸地的草鞋，靠岸了後也毌褪掉

有人裼赤跤行踏土地，毋驚刺芩仔
有人目睭攏毋看跤頭窩
有人干焦用嘴毋用跤
文學是千年的春秋大夢

跤踏著鹽地鼠尾栗的針刺，發出唉哮的叫聲
踏入去草莓園，流一身軀紅帕帕的汁
彼敢是少年人文學的熱情？
不是，彼是心痛的色緻
跤不敢行入去親像蜘蛛吐絲的網路世界
驚一踏入去就會予慾望交纏著
彼比死閣卡可怕
堅持踏佇土地是跤的覺醒

跤用輕薄的襪仔試探市場的溫度
賣菜伯拆詩集的一頁，包著懸山的高麗菜
書販共詩集攏倒作伙
賣菜伯共高麗菜佮詩集反來反去

順嘴溜賣高麗菜嘛賣詩
五十籍五十籍攏總五十籍
賣菜伯看詩集一目睨

討趁是老百姓對生活的覺醒
跤毋知欲選擇詩集抑是高麗菜？
詩人位高麗菜堆統一粒頭出來
賣菜伯順手拆落來，詩人雄狂的面包著高麗菜
哦，紙比塑膠袋卡環保
袂赴搶救彼半頁的詩集
跤又閣靜靜偷走矣
倒佇紅磚樓文學館頭前五十公尺的跤兜
跋幾落擺又閣摔斷骨頭
落尾佇血泊中安息矣
冬天的街頭
有雨微微仔微微仔落落來

——2012《台灣現代詩選》，春暉

伊鄭著民主的嚨喉

伊的愛情，散發出果子熟爛的氣味
查埔人的心肝誠貪心
一手攬著伊的蜂腰，一手摸著某的奶房
伊的妖嬌，佇眠床頂激情喝咻
干焦佇查埔人無聊的LP迴盪

為著LV金色淺薄的物件
伊甘願做一个無目屎的查某人
查埔人漸漸慣習伊的溫順
早就袂記咧，愛情攏有咒咀愛專情
伊攏恬恬园佇心肝底
毋敢大聲講出來

說出來敢就會失去查埔人？
無說出來敢就袂失去查埔人？
目屎攏是吞入深深的嚨喉孔
為著共愛情強強留佇裙其尾
甘願活甲親像一隻臭賤的狗母

每一擺查埔人離開伊的時陣
伊干單會當鄭著家己的嚨喉
叫我安怎同情伊的悲劇？

台灣民主的命運敢毋是共款的悲哀？

十字形人物

欲選擇飛彈抑是銀彈
欲選擇海棠葉抑是蕃薯
欲選擇生存抑是尊嚴
漂流佇黑水溝佮太平洋之間
海上孤單島嶼敢是咱的原罪？

無知影細菌何時開始交纏佇體內
一四界生湠
連細條血管也毋放過
艷麗的紅色侵入細胞核
親像小花蔓澤蘭共山林殖民
巨大的烏影也竄入去骨頭內
連腦部上細的所在攏感覺驚惶
靈魂漸漸失去氣力
這二條十字路無限延伸佇青春的肉體

遮相交錯的路草時常落著苦難的雨水
長長的路面變成漉糊仔糜

猶原無時歇底吹奏笛聲

雨落佇心臟的所在

位樹林彼爿傳來一聲閣一聲奮鬥的鼓聲

行過的路程已經開滿野生的百合花

佇孤單的十字路

我已經找著我的路草

人生是一種無法度迴避的選擇

面對日頭大聲唱出家己的歌

夯起彼支歷盡滄桑的十字架

佇微風吹過的山頂

彼是我心跳的所在

　　　　　　——《藝想天開詩與樂》，高雄文化局，2015.5

　　　　　　　　　　　　——2015.10改寫為台語

春天毋驚路途遠

伊的行影佇小山崙，一个恬靜的鳥影
伊的肩胛頭誠厚，一隻水牛的重量
伊的紅嬰仔，囥佇苦楝樹跤
雙手駕著粗重的鋤頭
佇田中央掘著蕃薯仔藤
幸福嘛親像愈掘愈深

暗時轉來厝內，勤儉持家
油燈有淡薄光線，骨力底織布
每一擺查甫人去拍獵轉來
伊會嘴笑目笑
嘴唇開一蕊花

厝前的鳳凰花恬恬開矣
紅甲親像火的花蕊結佇伊的鬢邊
赤崁街的新婦仔比日頭卡早起床
灶頭的火光照著伊大蕊的目睭
汁水共勤儉的家訓，拭甲比火卡光

伊恬恬繡花
半暝無停歇

時代的變遷，若李挪吒的火輪仔
生囝食伊的乳，號伊的姓
親像古早古早以前的查某祖
甘願選擇苦甘的擔頭
雙跤嶄然仔有喂力

做一个堅強的查某人
敢毋是愛有山仝款的勇氣
春天毋驚路途遠

我會醒來為你唱悲傷的歌

遠遠的鳥仔底唱歌

清澈的溪水慢慢底流

金黃的稻穗自由底飛

土地的戀歌親像風微微吹過小山崙

故鄉的山親像恬靜睏眠的伊

恁將核能廢料囥置咱的胸坎

恁將塑膠的糞坆貯滿咱的鼻空

恁將化學的色料染紅咱的血管

烏雲佔領天空

白賊話佔領歷史

無法度放捨的山佮海留予昏的記智

佇公民遊行的街頭

我會醒來為你唱悲傷的歌

佇土地崩落的所在

我會醒來為你唱悲傷的歌

佇族群消滅的末日
我攬抱你，唱袂出悲傷的歌

2014.03.20

行踏佇仙人掌花的路草

日頭赤炎炎
行踏佇仙人掌花的路草
遐勇壯的粗莖，青刺杈著我的目睭
南半球的海，會當乎我泅轉去太平洋彼片岸
毋過我無法度震動
親像一隻趴倒佇石頭頂的海獅
我也佇詩的海湧裡嗆著水
彼種痛宛然是穿過胸坎的絕望
一擺閣一擺拍著美麗的海岸
奔騰的海湧位石洞傳來哀鳴的哭聲
我的詩即欲沈落去，小說嘛是

想欲放捨記智，仙人掌煞開出紅貢貢的花蕊
遐呢歡樂的感覺
我的小跤腿漸漸生出氣力
豬母乳肥厚的葉仔做我的友志
目睭假佯將小刺看做千萬跤的跳舞鞋
詩的力量予赤熱的日頭光，幪入去我的衫其尾

仙人掌堅定的舞步徛佇風中
一隻烏色的獵鶹
盤旋飛過無人的海岸

——2015.4月刊載於《台文戰線》雜誌

恬靜的柑仔店

草地有一間誠迷人的柑仔店
邀請你行入智利生猛的生活
除了奇異果勇壯的身軀予人歡樂
沙漠的果子，包一層日頭光予你溫暖

街頭戴著灰帽的老人以為我是日本人
伊毋知影台灣，卻知影支那誠流行
老人熱情講著他的人生故事
自從四十年前來到洛斯·維洛斯
伊的日子攏佇恬靜當中度過

我也希望有一个會當恬靜過日子的所在
無需娶四界走縱放送
我是台灣人
我正港是台灣人

老人笑微微的面容漸漸軟化我的操煩
時間親像箭射過來

驚醒著阮兩人的日常對話
若是早來七十年，我是日本人
若是早來二百年，他是西班牙人
這個笑詼的世間有誠濟悲劇的故事
柑仔店外面的天色是幸福的水藍色
我的目睭無法度金金看

　　　　　　　　　　　　——2014.11.30
　　　　　　　刊載於《台文戰線》雜誌，2015.4月

黑色的椅仔
——致聶魯達

聶魯達的冊房有一寮黑色的椅仔
恬靜看著親像海湧彼款的文學朝聖者
這馬伊的椅仔頂是空的
無主人佇遐寫詩佮畫圖
它變甲誠恬靜
無一絲仔聲音

過去相愛的記智攏隨風化作詩句
曾經罩著致命火焰的情人
化作窗仔邊淡薄的光影
彼个佇那不勒斯流亡相拄的郵差
化作一部予人感動甲流目屎的電影
過去替智利堅持過的民主自由
無煙無火寫佇伊恬靜的墓牌

黑島遮的海沙埔留著誠濟詩人的跤跡
沉重的一步，誠緊就乎落尾來的踏過去
無人看過自己的跤跡

2014.12.31

恬靜的歷史

別人的歷史，親像一頁閣一頁的光榮
咱的歷史，親像一場閣一場的騙局
漢人來矣
紅毛番來矣
西班牙人來矣
日本人來矣
Ｋ黨來矣
攏親像一群金光黨
騙錢騙肉體閣騙感情
上界氣身惱命就是
台灣人攏恬恬，毋敢講半句「無愛」

無愛漢人
無愛紅毛番
無愛西班牙
無愛日本仔
無愛Ｋ黨

無愛無愛阮攏總無愛
干焦愛台灣人，勇敢徛踮世界的舞台頂

毋敢講出聲
恬靜的歷史
敢毋是一種見笑？

2010.6.3

阿母的紅被單

春天的時，風微微吹來
客廳只膡阿母佮阿爸，電視的鬥陣聲
新聞攏講政治，帕哩帕哩
台灣人的向望，太陽花運動
民主的夢開始有淡薄的光
阿母的紅被單
陪伴著兩个孤單的老人

冬天的時，風雄狂吹來
客廳只膡名嘴佮嘴涎，兩黨鬧熱聲
螢幕一直放送，帕哩帕哩
老人的寄託干焦政治
人生只膡一个死目毋願瞌的夢
阿母的紅被單
蓋著兩个流嘴涎的老人
蓋著一个
獨立建國的夢

山洞
——記台籍慰安婦

烏暗悲愁的洞口
一个拿著槍的衛兵目睭掠我金金看
烏暗悲愁的床板
一个日本軍官壓迫著我軟弱的大腿
烏暗悲愁的下體
一種刺痛被侵犯的感覺使我悲傷
我怨很我無一个國家
會當保護13歲的我

烏暗悲愁的社會
一種抹黑的指控
烏暗悲愁的記智
一个私生子因為傳染病而死亡
烏暗悲愁的洞口
永遠無向望的命運

我怨恨我的身體
是按怎有一个洞口
予查甫人有機會侵犯我

註：根據學者對台灣日治時期非自願慰安婦的研究，原
　　住民婦女最年輕者只有13歲，她們白天當護理人
　　員，夜晚被載到山洞為日本人做性服務。謹以此詩
　　獻給我被殖民苦難的國家台灣。

笑詼的決鬥

今馬咱攏已經無氣力決鬥
只賰嘴舌亦閣毋願休兵

下早去菜市仔
買著新品種的菊花
拄好是藍色與青色開作一蕊
聽講誠罕看
是調工透濫的雜種
真正是媠噹噹的花蕊
好親像今馬的政治時勢
無半點的尊嚴
花開花落由在人賤價拍賣
用花蕊的色緻決鬥
是不是真笑詼？

2012.05

堅持

堅持一種強欲燒起來的力量
有一寡細節你可能無法度了解
你看到的我
假無意安靜
爬上開滿紅色花蕊的圍牆頂頭
為著看自由的世界
干焦一目睨亦甘願

堅持一種毋驚跋落去的力量
有一寡心情你可能無法度書寫
你看到的詩句
假無意沉默
嵌入去靈魂烏色的萬丈深坑
為著爭取民主的尊嚴
干焦一時仔亦甘願

2014.12

為世界讀一首詩
——寫予智利的詩

有日頭有花蕊的所在就會當來讀詩
佇聖佛南度紀念公園鬧熱的下晡日
我念一首詩予你聽
詩句無日頭也無花蕊
只有一寡對自由的向望

拉丁美洲的詩歌節跳過舞才來讀詩
西班牙語的節奏熱情迴盪佇風中
我徛佇你的面前詳細聽
遺憾我聽無詩句的意涵

毋過咱讀詩的聲音永遠袂煞尾
為你讀詩，為囡仔讀詩，為老人讀詩
為擺攤賣工藝品的婦女讀詩
為目睭金金掠我相的狗仔讀詩
為覓佇花蕊度咕的一尾蟲讀詩
為戰爭歇睏的時陣，為和平的日子
為海岸的仙人掌花

為恬恬徛咧曬日頭的聶魯達銅像
為世界讀一首情詩
在拉丁美洲十月的下晡日
詩位遮生湠到全世界

2014.12

暗安，拉丁美洲
——寫予智利的詩

你會使沈默，佇日頭落山了後
佇這个充滿異國風情的拉丁美洲暗暝
無人掛意你寫華語或者是母語詩
用西班牙語翻譯了後攏是平等的
毋過用母語佇薩拉巴勇樂團演唱會念詩
我的詩會穿透我家己的靈魂

哥倫比亞詩人會曉用華語講早上好
我雄雄回應一句：敖早
伊疑惑閣笑微微行過倫敦旅店的前庭
拄著巴西詩人遮攏無路用
葡萄牙語才是伊呵咾世間的語言
語言穿袂透的所在，咱互相攬抱
地球溫柔吟誦伊家己的母語歌詩
咱挨挨陣陣恬恬仔聽

溫柔的母語詩親像一支箭
穿射過我的胸崁

2014.12

輯四　歌詞・翻譯

幸福雅鴨／油彩畫布　60×50cm　2014　凃妙沂作品

台語兩行詩

透早的日頭
逗逗仔爬上無人的山嶺

苦瓜寮的查某土裡濫（luan2）
伊的查埔人佇野外走揣梅花鹿的影跡

電腦是一隻纏人的動物
將囝仔的心肝掠牢牢

阿爸的目睭
親像透中晝的日頭赤炎炎

當爾（tann-a）食飽的尾蝶仔
佇花蕊的眠床睏去矣

你敢有聽著
花蕊跋落土跤的聲音

每一擺捷運駛過美麗島彼站
我就為你唱一首台灣的歌

中國來的產品
親像細菌一四界生湠

就算世界只賰最後一絲仔閃光
我猶原會愛你

樹的感性語言
以枯瘦的髮絲為土地默禱

白飯樹

白飯樹上天真
打扮婿婿等人愛
癡情等無伊
傷心跋落水
水姑娘抾（khioh）去做嫁妝

想欲飛

樹葉想欲起飛
白翎鷥想欲起飛
我也想欲起飛
飛去你的窗仔前
看你恬靜个睏眠

快樂走唱的關仔嶺阿公

我將快樂揹佇肩胛頭

彈奏出美妙的樂聲予恁聽

我將透早露水的清香予恁鼻

我將故事譜做歌調仔予恁唱

我將面頂的皺紋刻入恁心肝底

我將手內的祝福，藉著琴弦予恁心頭甜

佇一叢百年的樹仔跤，恁拄著我的琴聲

佇一條有花蕊的小路，恁拄著我的春天

你想起阿公的白頭毛，咱們就毋是生份人

我是快樂走唱的關仔嶺阿公

你來聽我念歌唱曲

尾蝶仔是上好的伴舞恰恰

你是上婿的春天

你是春天的風，微微仔吹
你是春天的雨，恬恬仔落
你是春天有月娘的溪邊
無人知影的心事講予你聽
下晡寄來的批信
無予人失望的約束真堅定
你是春天，你是春天，上婿的春天

你是黃昏的路，通到海沙埔
你是天頂的星，閃爍佇你心內
你是是春天青翠的山嶺
兩人鬥陣行，青春無憂愁
你是春天，情人團圓的暗暝
目睭的笑容是上婿的詩
你是春天，你是春天，上婿的春天

幸福的跤跡

踏著幸福的跤跡鬥陣行
我的快樂我的感謝，美妙的歌詩
兩人行相偎，天頂的星閃閃熠
深深的情意印佇心肝底
親像湖邊的鳥儷影雙雙

熟似你以來這一冬
平凡的世間，美麗的感受
日頭的光照著青翠的山嶺
路邊的花蕊嘛有迷人的清芳
月娘笑眯眯，親像歡喜底祝福

踏著幸福的跤跡一步一步行
你的笑容你的形影攏相隨
牽你的手就有快樂的歌聲響起
你的叮嚀你的鼓勵，溫柔的聲音
親像風微微仔吹過溪邊的樹林

逗逗仔行

逗逗仔行，愛情的跤步毋通緊
逗逗仔行，我佇頭前甲你遮風雨
清芳的咖啡，替咱的情意加溫
溫柔的水聲，位窗外彈曲作歌
樹頂的風，這時陣吹來你的心意
我將你的形影畫佇天頂
無人看有，煞予白雲笑我畫了bai

逗逗仔行，你的批信囥佇車內
逗逗仔行，我的雨傘佇風中開花蕊
街頭的戀人，牽手毋免驚細膩
樹跤的戀情，已經傳甲滿滿的街市
落雨的山嶺，無講話嘛是一首詩歌
有你作伴，是秋天上婿的風景

逗逗仔行，愛情的路有我毋免驚
逗逗仔行，雙人鬥陣逗逗仔行

2011.9.28

溫柔的伊

湖邊的風微微仔吹，親像伊佇我的身邊
秋天的葉恬恬仔飛，親像伊輕聲底講話
行踏佇小街路，我的心花嘛開
佇我的心肝底，有伊深深的關懷
伊的笑容解我千年的憂愁
人生有一擺真心相愛的人
彼種的感覺，每一工攏是風微微仔吹
有溫柔的伊，才有溫柔的我
有歡喜的伊，才有歡喜的我

湖邊的夜色，等待伊轉來我的身邊
秋天的約束，伊真心為我痴痴等待
黃昏的相逢，只有水邊的鴨知影
佇我的心肝底，有伊堅定的笑容
伊的笑容解我千年的憂愁
人生有一擺真心相愛的人
彼種的感覺，每一工攏是風微微仔吹

有溫柔的伊，才有溫柔的我
有歡喜的伊，才有歡喜的我

2011.9.27

南半球之歌

你的形影親像春天的葉仔

落佇我心內上深的所在

你的聲音親像清澈的溪水

陪伴我行過斑芝花開的小路

你的詩句佇我的心內發繯

土地的詩，上媠的詩

南半球的詩，遙遠的詩

愛的力量賜給我勇敢

將這條遙遠的絲線牽起來

風將伊秘密收藏佇空中

你的笑容佇風的盡頭

你佇遐，嘛佇遮

我佇遮，嘛佇遐

因為愛，語言就毋是距離

因為愛，你的目睭已經訴說一切

佇秋天葉仔轉紅時陣

你欲牽我的手行過有花開恬靜的小路

我的秋天，你的春天

我的春天，你的秋天
因為你，我的秋天變成上婿的春天
因為你，我的日子永遠是春天

2016.02

REENCUENTRO

by Augusto Enrique Rufino（Argentina）

Pensé que tu nombre reposaba
en los pliegues del olvido,
la alegre luminosidad de tus ojos
en un rincón ensombrecido.

¿Que espacio del viento
guarda tu risa o tu llanto?

¿A que distancia del cielo
o de la tierra te encontraré?

Desde la apacible senectud
percibo tus latidos regresar
cada primavera.

Pensé que tu nombre reposaba
en los pliegues del olvido,

que tu marea septembrina

ondulaba en las estrellas.

Fauces crepusculares acechan,

Las nieves perennes me aguardan

Intentan detener las agujas

Todo me acerca a ti...

——"SOUFFLE DE VIE",Dunken,2013

重聚

奧古斯都・恩立克・盧非諾（阿根廷）

我以為妳的人名歇睏
佇記智深窩的皺紋中
妳明朗的目睭笑微微
今馬佇遐黯淡無光彩

佇風中啥米所在
埋藏著妳的笑聲亦是哀哮聲？

佇天頂亦是地面
欲去佗位走揣妳？

佇恬靜的晚年
我感受到妳心跳倒轉來
重溫每一冬的春天

我以為妳的人名歇睏
佇記智深窩的皺紋中

昔日九月的浪潮
今日星光閃閃熠熠

暮光之爪潛伏佇逗
久年的積雪等待著我
想欲叫指針恬恬
我無張持想起妳……

2016.02

註：在阿根廷七十年代的骯髒戰爭（dirty war）中，許
多人遭受政治迫害，據民間人權組織統計有近三萬
人，他們被綁架、失蹤、入獄、遭受酷刑甚至死
亡，有些婦女懷孕在獄中產子後遭殺害，嬰兒被有
計劃賣到國外給人領養，或是送給殺害他父母的仇
人養育，是阿根廷最悲痛的一段歷史。詩人追思他
在阿根廷白色恐怖時期失蹤的朋友。

MADRE ABORIGEN

by Augusto Enrique Rufino（Argentina）

Madre sacrificio, madre silencio,
tu piel enjuta de ébano
viste el quebracho de tu cuerpo.
Innata poseedora de la magia
de convertir los frutos de la Pachamama
en el arte que lucirán otras mujeres
de espacios lejanos, inalcanzables.

¿Sabrán que tus Yicas encierran
sueños ancestrales de libertad?

¿ Sabrán que en la humildad del adobe
y palo a pique palpita tu calor de madre?

¿Sabrán que te vendieron tantas veces
junto a tu tierra sin preguntártelo?

Y que sigues,

sobreviviendo a todo.

En la bella soledad de las yungas,

en el dolor mutilado de la selva,

en un calido rincón de América india.

———"SOUFFLE DE VIE",Dunken,2013

原住民母親

奧古斯都‧恩立克‧盧非諾（阿根廷）

犧牲的母親，沉默的母親，
你親像柴籠烏焦散的皮膚
你身穿破孔紅斧頭色的長衫。
你有一款天生的魅力
位帕查瑪瑪大地女神轉化過來
你是大地母親的模範
佇遙遠無人行踏的所在

恁甘知影你的伊卡[1]包藏著
祖先自由的夢想？

恁甘知影土磚的謙虛
甘有後悔用木棍打擊你母性的溫熱？

恁甘知影你予人賤賣一擺閣一擺
佮你相依為命的土地，從來無問過你敢願意？

你猶原咬嘴唇忍受，
受盡苦楚塊求生存

佇美麗孤單的永加斯[2]，
佇森林予人斬跤斬手的悲痛，
佇美洲印地安人一个溫暖的所在。

2016.02

1.伊卡： 阿根廷傳統的織布。
2.永加斯：阿根廷北邊的一省，與玻利維亞臨界。

OLD DELHI

by Sujit Kumar Mukherjee（India）

I enjoy losing myself in the rhythms of old Delhi

A city layered with thousands of years of history

Where Pandavas once lived

Where empreror Aurangzeb beheaded his elder brother

Where last moghul emperor lost his honor

Where poet Mirja Ghalib framed his immortal verses

Where love still flourish in it's lanes and by lanes

Where believers in thousands pray at the magnificent Jama Masjid

A city cocooned in antiquity, resisting the march of modernity

at its gate

A city fights modernity with conservatism every day

Shrinking timeless oasis

Against maruding sands of time

An oasis tucked within

Mega city of New Delhi

I long to visit the eternal city of old Delhi...

——"DEWDROPS"Vol-III,

Konark Publishers Intenational,2015

舊德里

蘇基特・庫瑪・慕赫吉（印度）

我誠佮意迷走佇舊德里的節奏中

一个城市的規劃通常有千年的歷史

遮是古早班得瓦族蹛過的所在

遮是奧朗皇帝將伊兄哥斬頭的所在

遮是蒙兀兒帝國失去最後光榮的所在

遮是詩人米爾扎加利卜書寫永恆詩篇的所在

伊的愛猶原旋過一條閣一條的巷仔

遮是壯麗的賈瑪清真寺千年信仰的所在

一个城市親像蠶繭遐呢舊，抵抗著現代的進行曲

一个城市每一日攏用對話佮現代化做抵抗

綠地一步閣一步收縮

對抗著時間的沙漏

這隻親像巨獸的新德里

我向望行踏佇舊德里上深上深的所在

2016.02

註：德里是世界人口第二大的城市，人口將近二千萬。
　　這首詩收錄於《露珠》（Dewdrops）2006年出版。

ACUARELA

Mario Mathor（Colombia）

Eres la pintura perfecta

Solo dios sabía como pintar la mujer

En el cuadro de mi vida

Utilizó la acuarela preciosa

Y los colores precisos

Me gusta sentir el rojo de tu passion

Y navegar en el verde de tu iris

Retocar el oscuro negro de tus lunares

Y las manchas café de tu piel

Eres mi acuarela

Que pintada bajo la luz del sol

Tu aura irradia el violeta intenso de tu amor

Y en tus venas navega el azul profundo de tu sangre

Me gustan tus líneas curvas y rectas

De la frente hasta tu nariz

Y desde tus orejas hasta tus piernas

Me llevan en un camino multicolor

Cundo las retoco con

Mis labios y mi lengua

Mánchame de tu acuarela con un abrazo

Y déjame ser parte de tu obra preciosa

——"LIVRES",Amenti,2015

水彩畫

馬利歐・馬索（哥倫比亞）

妳是上媠的水彩畫
只有上帝知影欲按怎畫出
我生命之畫的女性
祂用美麗的水彩
佮精準的色緻

我真佮意去感覺妳熱情的紅色
佇妳青色的目珠內遊帆
輕輕仔點黑妳暗沉的痣
亦閣有妳溫潤咖啡色的皮膚

妳是我的水彩畫
佇日頭下恬恬仔媠
妳的愛放射出紫羅蘭色的光環
妳的血管內流動著深藍色的血
我佮意妳彎曲又閣挺直的線條
位光滑的額頭到懸懸的鼻仔
位小巧的耳仔到長直的雙腿

當我用雙唇佮嘴舌
一擺閣一擺摸索妳
我親像行入一條色緻豐富的路草

用一擺的攬抱
予我渲染著妳的水彩
予我變成妳美麗作品的一部分

　　　　　——2016.01刊載於《台文戰線》雜誌

DISTANCIA

Mario Mathor（Colombia）

Cierra tus ojos hoy y piensa en mi
me iré contigo hasta el infinito.
Me voy con esta imagen que me dejaste
Para que mis sueños sirvan de escenario
Para poder besarte a la distancia.

Para que mis manos puedan tocar
el umbral del amor
y no me sienta solo.

Se que me necesitas tanto como yo a ti
más no puedo extender mis labios hasta tu rostro
todo por esta bendita distancia
que limita mi acción al amarte
y no deja penetrar mis caricias.

Deja que pase el tiempo,
el trae la llave que abrirá la puerta del encuentro

y la distancia no vivirá más.

Pues donde hay amor...

no existen fronteras ni tiempos ni espacios que nos separen.

Deja que la distancia se burle de nosotros,

Algún día nos reiremos de ella.

———"LIVRES",Amenti,2015

距離

馬利歐・馬索（哥倫比亞）

今仔日請妳將目睭闔起來，想我
我會陪伴妳一直到最後
我放下妳漸漸離開的形影
將我的夢境搬上舞台
為著予我會當置遙遠的距離唚（tsim）妳的嘴唇

也為著予我的手
會當摸著愛情的戶定（hoo7-teng7）
予我袂閣再這呢孤單

我知影妳需要我，就親像我需要妳
毋過，我無法唚（tsim）妳的臉妳的嘴唇
攏是因為這遙遠的距離
限制著我愛你的行動
也無法度鑽過去摸著妳

咱就予時間恬恬仔過去
有一日，伊會將重逢的鎖匙交予我

距離就袂閣再存在
置有愛的所在
時間佮空間的邊界攏無法度將咱分開

終其尾，時間會勝過距離
總有一日，咱會笑微微接受伊

──2016.01刊載於《台文戰線》雜誌

含笑詩叢07　PG1497

 心悶
　　——凃妙沂詩集

作　　者	凃妙沂
責任編輯	林千惠
圖文排版	周妤靜
封面設計	王嵩賀

出版策劃	釀出版
製作發行	秀威資訊科技股份有限公司
	114 台北市內湖區瑞光路76巷65號1樓
	電話：+886-2-2796-3638　傳真：+886-2-2796-1377
	服務信箱：service@showwe.com.tw
	http://www.showwe.com.tw
郵政劃撥	19563868　戶名：秀威資訊科技股份有限公司
展售門市	國家書店【松江門市】
	104 台北市中山區松江路209號1樓
	電話：+886-2-2518-0207　傳真：+886-2-2518-0778
網路訂購	秀威網路書店：http://www.bodbooks.com.tw
	國家網路書店：http://www.govbooks.com.tw
法律顧問	毛國樑　律師
總 經 銷	聯合發行股份有限公司
	231新北市新店區寶橋路235巷6弄6號4F
	電話：+886-2-2917-8022　傳真：+886-2-2915-6275

出版日期	2016年5月　BOD一版
定　　價	200元

版權所有・翻印必究（本書如有缺頁、破損或裝訂錯誤，請寄回更換）
Copyright © 2016 by Showwe Information Co., Ltd.
All Rights Reserved

Printed in Taiwan

國家圖書館出版品預行編目

心悶：涂妙沂詩集 / 涂妙沂著. -- 一版. -- 臺北市：釀
出版, 2016.05
　　面；　公分
　BOD版
　ISBN 978-986-445-105-0(平裝)

851.486　　　　　　　　　　　　　　105004596

讀 者 回 函 卡

感謝您購買本書，為提升服務品質，請填妥以下資料，將讀者回函卡直接寄回或傳真本公司，收到您的寶貴意見後，我們會收藏記錄及檢討，謝謝！如您需要了解本公司最新出版書目、購書優惠或企劃活動，歡迎您上網查詢或下載相關資料：http:// www.showwe.com.tw

您購買的書名：_____

出生日期：_____年_____月_____日

學歷：□高中 (含) 以下　　□大專　　□研究所 (含) 以上

職業：□製造業　□金融業　□資訊業　□軍警　□傳播業　□自由業
　　　□服務業　□公務員　□教職　　□學生　□家管　　□其它____

購書地點：□網路書店　□實體書店　□書展　□郵購　□贈閱　□其他

您從何得知本書的消息？

　□網路書店　□實體書店　□網路搜尋　□電子報　□書訊　□雜誌
　□傳播媒體　□親友推薦　□網站推薦　□部落格　□其他_____

您對本書的評價：(請填代號　1.非常滿意　2.滿意　3.尚可　4.再改進)

　封面設計____　版面編排____　內容____　文／譯筆____　價格____

讀完書後您覺得：

　□很有收穫　□有收穫　□收穫不多　□沒收穫

對我們的建議：_____

_____

_____

_____

請貼
郵票

11466
台北市內湖區瑞光路 76 巷 65 號 1 樓

秀威資訊科技股份有限公司　　　收

BOD 數位出版事業部

....

（請沿線對折寄回，謝謝！）

姓　　名：_____　年齡：_____　性別：□女　□男

郵遞區號：□□□□□

地　　址：_____

聯絡電話：(日) _____ (夜) _____

E-mail：_____